leicht & logi
Lektüren für Jug

Drei ist einer zu viel

von Cordula Schurig

Klett-Langenscheidt

München

von Cordula Schurig

Redaktion: Annerose Bergmann
Zeichnungen: Anette Kannenberg
Layout und Satz: Kommunikation + Design Andrea Pfeifer, München
Umschlag: Bettina Lindenberg

Quellen:
S. 19 Handy: shutterstock.com; S. 41 Pfannkuchen: shutterstock.com,
Schulkind: Olaf Wandruschka – Fotolia.com; S. 45 Klassenarbeit:
shootingankauf – Fotolia.com; S. 47 Disco: pressmaster – Fotolia.com

Audio-CD:
Sprecher und Sprecherinnen: Kathrin-Anna Stahl, Vincent Buccarello,
Mario Geiß, Benno Kilimann, Jenny Perryman, Carolin Seibold
Regie und Postproduktion: Christoph Tampe
Studio: Plan 1, München

www.klett-sprachen.de

1. Auflage   1 ⁸ ⁷ ⁶ | 2018 17 16

© Klett-Langenscheidt GmbH, München, 2013

Druck und Bindung: Medienhaus Plump GmbH, Rheinbreitbach

ISBN 978-3-12-605115-6

9 783126 051156

INHALT

DIE FREUNDE

Nadja, Pia, Robbie und Paul
gehen auf dieselbe Schule.
Nadja und Pia sind schon lange
beste Freundinnen, jetzt sind
auch Jungs wichtig.

Pia ist die beste
Freundin von Nadja.
Sie liebt ihren Hund
Plato und geht gern
mit ihm spazieren.

Nadja ist die beste Freundin
von Pia. Sie kocht gern und
ist sportlich. Sie hat einen
kleinen Bruder, Jannik.

Plato liebt Spazieren-
gehen im Park. Und er
liebt Würstchen.

Paul geht in die Klasse von Nadja und Pia. Er sieht Pia manchmal am Nachmittag. Er kann gut Skateboard fahren.

Robbie spielt in der Schul-band und schreibt die Songs. Er findet Nadja toll.

1

In der Pause

Robbie denkt an Nadja. Er freut[1] sich auf die Pause. Dann kann er sie endlich wieder sehen. Er findet sie toll: lange blonde Haare, tolle Kleider, sportlich …

Da kommt sie gerade aus dem Klassenzimmer. Heute ist sie allein – ohne ihre Freundin Pia. Heute will er endlich mit ihr sprechen. Er läuft schnell zu ihr.

Sie mag mich!

Robbie, du nervst!!!

1 sich freuen:

6

- Hallo Nadja!
- Hallo.
- Alles okay?
- Hmpf.
- Äh Nadja … Äh, ist deine Schultasche schwer?
- Hm. Nö.
- Lernst du Englisch?
- Ja.
- Wie ist deine Telefonnummer?
- Puh … 2-7-3-9-4-8.
- Magst du Musik?
- Ja.
- Kennst du meine Band schon?
- Nein.
- Nadja, hast du …?
- Robbie, du nervst!!!

„Sie mag mich!", denkt Robbie. „Und jetzt habe ich ihre Telefonnummer." Er lächelt[2] und geht wieder in seine Klasse.

---

2 lächeln: ein bisschen lachen

2

Bei Nadja zu Hause

Am Nachmittag ruft Pia an. Nadja kennt ihre Nummer.
  Hallo Pia.
○ Hi Nadja. Was machst du heute Nachmittag?
  Ich muss Jannik vom Kindergarten abholen. Und was machst du?
○ Ich will noch mit Plato raus.
  Wollen wir danach zusammen kochen?
○ Okay.
  Kommst du zu mir? Um fünf?
○ Ja, super.
  Ich habe Eier, Milch und Mehl. Dann machen wir Pfann-kuchen. Okay?
○ Klasse. Dann bis später.

Pia freut sich. Sie ist gern bei Nadja. Sie sind schon seit der ersten Klasse Freundinnen und machen fast alles zusammen.

Pia geht mit Plato im Park spazieren. Er liebt Stöcke. Plato bringt ihr einen Stock. Pia muss ihn werfen. Dann bringt er den Stock wieder. Das Spiel lieben beide.

8

werfen

der Stock

„Komm Plato, wir wollen nicht zu spät zu Nadja kommen!"
„Wuff!"

„So, jetzt noch die Milch dazu. Umrühren und fertig!", ruft Nadja
zu Hause.
Die Pfanne ist schon heiß. Nadja gibt den Teig in die Pfanne.
Schon ist der erste Pfannkuchen fertig. Pia probiert.

umrühren

das Rezept

der Teig

die Pfanne

„Ähm, Nadja …?"

„Ja?"

„Das schmeckt irgendwie komisch[3]. Nach nichts!"

Jetzt probiert Nadja auch ein Stück.

„Stimmt. Noch mal das Rezept lesen: Mehl, Eier, Milch, Zucker. Oh, Zucker! Mist!"

„Macht nichts. Wir machen einfach gaaanz viel Marmelade drauf."

„Hallo Nadja, hallo Pia. Wie geht's?"

Nadjas Mutter kommt nach Hause.

„Oh, ihr kocht. Das ist prima. Ich habe wirklich Hunger. Was gibt es denn?"

Pia sagt: „Ähm … etwas ganz Besonderes. Pfannkuchen ohne Zucker. Das essen wir zu Hause immer so."

Nadja lacht leise.

das Gesicht

In Nadjas Zimmer lachen die beiden immer noch.

🔘 Mit dem Pfannkuchen – das war lustig. Die Geschichte war gut: ‚Das essen wir zu Hause immer so'. Hihi.

---

3 komisch: anders, nicht wie immer

○ Das Gesicht deiner Mutter war witzig[4].

● Sag mal, Pia, kennst du eigentlich Robbies Band?

○ Klar, das ist doch die Schulband. „Wild Guitars" heißen die.

● Ach so.

○ Warum fragst du?

● Robbie nervt ganz schön.

○ Mhm.

Pia hört nicht mehr richtig zu. Sie liest eine SMS. Sie ist von Paul aus ihrer Klasse.

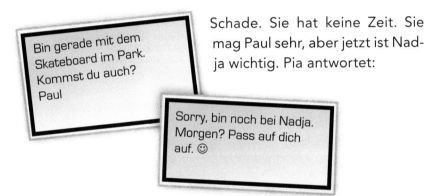

Bin gerade mit dem Skateboard im Park. Kommst du auch? Paul

Schade. Sie hat keine Zeit. Sie mag Paul sehr, aber jetzt ist Nadja wichtig. Pia antwortet:

Sorry, bin noch bei Nadja. Morgen? Pass auf dich auf. ☺

Jetzt ruft Paul an.
Sie wollen sich nächste Woche Mittwoch im Park treffen. Pia freut sich.

---

4 witzig: lustig

3

Der süße Rockstar?

5

Nadja kommt wieder aus dem Klassenzimmer. Robbie wartet schon auf sie. Es
ist Sommer und richtig heiß. Er will sie auf
ein Eis einladen.

Nadja sieht ihn. Aber sie geht nicht zu
ihm. Sie sagt nicht mal „Hallo". Sie geht
auf den Schulhof. Klara und Mara – zwei
Mädchen aus ihrer Klasse – stehen dort
und sprechen miteinander.

6

„Mist! Ich probiere es in der nächsten Pause!", sagt Robbie und
geht über den Schulhof zu seinen Freunden.

Klara und Mara lächeln Robbie an und werden rot. Nadja findet das komisch.

   Was ist denn los? Warum seid ihr so komisch?
○ Na, das ist doch Robbie!
  Und?
  Robbie aus der Schulband! Nadja, du musst ihn doch kennen!
  Ja, aber …
○ Er ist sooo süß. Er spielt richtig gut Gitarre und singt fan-tas-tisch[5]!
  Er hat ein neues Lied. Willst du es hören, Nadja?
  Ach nö.
○ Macht nichts. Du kannst ihn ja in zwei Wochen beim Schulfest hören. Seine Band macht die Musik! Ich freue mich schon. Dann hole ich mir ein Autogramm und …

Die Mädchen plappern[6] immer weiter, aber Nadja hört nicht mehr zu. Sie setzt sich auf eine Bank und sieht zu Robbie. Robbie und süß?? „Ich weiß nicht!", denkt sie. „Er sieht nicht schlecht aus und ein Rockstar ist er auch. Ich kann mir ja mal seinen neuen Song runterladen[7]."

---

5 fantastisch: supergut, genial
6 plappern: viel und schnell sprechen
7 runterladen: Musik im Internet kaufen

4

Robbies Lied

Nadja und Pia sind bei Pia zu Hause. Pia sitzt am Schreibtisch und macht Hausaufgaben. Nadja hört Musik über ihren MP3-Player: „Mhmmmm, mhmmmm … Ach, seine Stimme[8] – fantastisch. Und so ein tolles Lied. Mhmmm …"
Und dann singt sie auch noch:
„Du bist nicht allein, niemand ist allein …"

He Nadja, was singst du da?
○ Mein neues Lieblingslied „Du bist nicht allein".
Kenn' ich nicht.
○ Na, von unserer Schulband.
Mhh.

Pia hört nicht zu. Sie muss die Hausaufgaben machen. Sie schreibt weiter.

„VON UNSERER SCHULBAND!", ruft Nadja noch mal.
Ja.
○ Das Lied ist von Robbie!
Mhm. Ja, ja. Sag mal, wie schreibt man Physik? Mit i oder mit y?
○ Keine Ahnung. Mir egal[9]. Hast du gehört? Es ist von Robbie.
Jaa. Ich denke, Robbie nervt.

---

8 die Stimme:
9 Mir egal: Das ist nicht interessant. / Das ist mir nicht wichtig.

○ Waaas? Nein. Er spielt in einer Band! Er ist cool.
● Nadja, du spinnst[10].
○ Warum? Ach, egal. Hör mal das Lied. Es klingt toll. Und
   diese Stimme! Genial!

Pia und Nadja legen sich auf das Bett und hören den Song.

Siehst du die Frau dort im Fenster?
Siehst du den Baum dort im Hof?
Siehst du die Leute dort im Park?
Du bist nicht allein – niemand ist allein.

Siehst du den Hund dort im Hof?
Siehst du die Blume dort im Park?
Siehst du den Mann dort im Fenster?
Du bist nicht allein – niemand ist allein.

Siehst du das Baby dort im Hof?
Siehst du die Katze dort im Fenster?
Siehst du den Opa dort im Park?
Du bist nicht allein – niemand ist allein.

---

10 spinnen: sehr komisch sein

○ Ich finde die Musik super. Wie findest du das Lied?
  Naja, ein bisschen langweilig. Immer der gleiche Satz. „Du
  bist nicht allein – Robbies Hirn[11] ist klein." Haha, mein Text
  passt viel besser.
○ Ach, du verstehst das nicht! Das ist K…

„Kunst" will Nadja sagen, aber „Düddeldidum, düddeldidum."
Nadjas Handy klingelt.
„Oh, eine SMS von Robbie."

> Hey Nadja, ich bin gerade
> fertig mit der Probe.
> Gehen wir noch ins Café?
> Rob

„Entschuldige, Pia, ich muss weg! Tschüss!"
„Bumms." Schon ist Pias Tür zu. Pia kann es nicht glauben.
Sie steht traurig auf und geht wieder an den Schreibtisch.

---

11 das Hirn: der Kopf; man braucht das Hirn zum Denken

5

Keine Zeit!

Es ist Montag: Nadja ist in der Cafeteria und isst einen Apfel. Pia setzt sich zu ihr.

9

    Nadja, machen wir nachher wieder zusammen Haus-
    aufgaben?
○ Nee, heute muss ich zum Schwimmtraining.
    Ach ja. Treffen wir uns danach und gehen mit Plato
    spazieren?
○ Tut mir leid. Ich treffe Robbie noch im Bandraum. Gibst du
    mir morgen früh die Hausaufgaben?
    Äh … na klar.

Am Dienstagmorgen um 8 Uhr sitzen alle Schüler schon in der Klasse. Gleich beginnt der Unterricht, da läuft Nadja schnell in die Klasse und zu Pias Tisch.

Pia, Pia – eine Katastrophe!

○ Pia, Pia – eine Katastrophe. Kannst du heute Nachmittag für mich Jannik vom Kindergarten abholen?
Klar. Was ist los? Bist du krank? Ist etwas mit deiner Oma? Geht es deiner Mutter nicht gut?
○ Nein, nein, viel schlimmer[12]. Ich treffe heute Abend Robbie und ich habe nichts zum Anziehen. Ich muss noch shoppen gehen.
Ähhh.
○ Danke. Du bist die Beste! Um drei Uhr musst du am Kindergarten sein.

Pia kann nichts mehr sagen. Nadja läuft zu ihrem Platz und schon klingelt es. Der Unterricht fängt an.
„Ist das wirklich meine beste Freundin?", fragt sich Pia. „Sie spinnt ja total wegen Robbie."

Am Mittwochnachmittag ruft Pia Nadja zu Hause an.
Hi Nadja. Was machst du gerade?
○ Ich lese das Buch für morgen. Es ist echt langweilig.
Ja, stimmt. Wie war dein Date mit Robbie gestern?
○ Ach, so toll. Wir waren …
„Düddeldidum, düddeldidum." Nadjas Handy klingelt.
○ Warte mal, Pia. Das ist mein Handy.

10-11 ○ Tut mir leid, Pia. Ich muss los.
Was? Schon wieder Robbie???
○ Ja, genau. Toll, was? Kannst du mir morgen die Geschichte im Buch erzählen? Danke! Tschühüss.

---

12 schlimm: schlecht

18

Pia kann nicht mehr antworten, denn Nadja ist gar nicht mehr am Telefon. Pia sieht das Telefon an und kann es nicht glauben. Ihre Freundin hat keine Zeit mehr für sie. Langsam ist Pia echt sauer.

Dann kommt auch noch eine SMS von Paul:

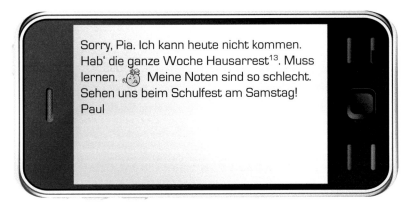

Sorry, Pia. Ich kann heute nicht kommen. Hab' die ganze Woche Hausarrest[13]. Muss lernen. 😖 Meine Noten sind so schlecht. Sehen uns beim Schulfest am Samstag! Paul

„Oh, Mann!", denkt Pia. „Niemand ist allein? Pah! Ich bin ganz allein!"

---

13 der Hausarrest: man darf am Nachmittag und am Wochenende nicht
    aus dem Haus gehen

6

Keine Lust, keine Zeit

Es ist Donnerstag und Pause: Pia sitzt allein im Schulhof und liest. Nadja kommt zu ihr.

○ Du, Pia, heute ist Koch-AG. Kommst du mit?
  Nöö, immer kochen. Das ist langweilig.
○ Nein, das macht total Spaß. Heute machen
  wir gefüllte Paprika. Die liebe ich.
  Schön für dich.
○ Bist du sauer?
  Nein, nein. Warum fragst du?

Pia hat keine Lust mehr auf Nadja. Sie steht auf und geht. Nadja sieht ihr nach und versteht gar nichts mehr.

Am Freitag nach dem Unterricht weiß Pia nicht mehr weiter. Sie braucht ihre Freundin. Sie geht zu Nadja und spricht mit ihr.

Tut mir leid. Ich muss Robbie helfen.

Ach, vergiss es!

Nadja, du musst mir helfen. Morgen ist das Schulfest! Ich muss heute noch die Dekoration kaufen:

Papier, Farben, Scheren, Stifte … Das ist echt wichtig.
Kannst du heute Nachmittag mit Plato spazieren gehen?

○ Tut mir leid, ich muss Robbie noch bei seinem neuen Song
helfen. Er schreibt ihn nur für mich und spielt ihn auf dem
Schulfest. Kannst du das glauben?

Du kannst mir auch mal helfen, Nadja!

Pia ist wütend[14]. Nadja hört gar nicht mehr zu. Sie spricht immer
weiter.

○ Er sagt, er braucht mich. Ohne mich kann er nicht schreiben.
Ich bin …

Nadja? Naaadja! Ach, vergiss es!

Pia geht einfach. Sie muss sich jetzt beeilen. Sie muss Plato von
zu Hause abholen und mit ihm einkaufen.

„Meine tolle Freundin will mir ja nicht helfen."

---

14 wütend: sauer

7

Liebes Tagebuch

Am Abend ist Pia total kaputt. Das Einkaufen mit Plato war kein Spaß. Aber jetzt hat sie alles für morgen.

Pia will nur noch schlafen. Sie liegt schon im Bett, aber sie kann nicht schlafen. Sie macht sich viele Gedanken[15]. Nadja hat nur noch Zeit für Robbie und Pia ist viel allein. Sie findet, sie ist immer „das fünfte Rad am Wagen[16]". Pia steht noch einmal auf. Sie nimmt ihr Tagebuch und schreibt.

---

15 sich viele Gedanken machen: viel denken
16 der Wagen: das Auto

Liebes Tagebuch!
Ich habe echt ein Problem mit Nadja. Ich rufe Nadja immer an, aber Nadja ruft nie an! Ich besuche Nadja oft, aber Nadja hat nie Zeit. Ich mache immer Hausaufgaben für Nadja. Nadja macht nie Hausaufgaben für mich. Manchmal gehe ich auch mit ihrem Bruder Jannik spazieren. Aber Nadja geht nie mit Plato spazieren. Wir sind doch Freundinnen!
Aber vielleicht passen wir einfach nicht zusammen. Das ist so traurig! Nadja chattet zum Beispiel gern und surft im Internet, aber ich gehe lieber mit Plato in den Park und lese. Außerdem möchte Nadja immer kochen, aber ich sehe lieber Filme an. Und dann Robbie! Nadja ist einfach total in ihn verliebt. Und ich? Paul hat keine Zeit für mich! Ich bin nicht glücklich.
Niemand liebt mich.

Pia macht ihr Tagebuch zu. Eine Träne läuft über ihr Gesicht. Sie geht wieder ins Bett. Jetzt kann sie endlich schlafen.

die Träne

8

Das Schulfest

„So, Kolja, und jetzt musst du hier halten. Genau. Und jetzt an die Wand hängen."

Pia und Kolja stehen auf einer Leiter. Sie dekorieren die Turnhalle für das Schulfest und hängen gerade ein Schild auf. Nadja hängt Plakate auf.

„Ich glaube, so geht das nicht. Das Schild ist zu lang. Wir müssen es kürzer[17] machen", sagt Pia.

„Nadja, gib uns mal bitte die Schere", ruft Pia von der Leiter.

Da kommt Robbie in die Turnhalle. Er trägt eine Sonnenbrille und kann nicht viel sehen. Aber er sieht richtig cool aus, denkt er. Er geht zu Nadja.

„Naaaadja!!" Pia ruft noch einmal, aber Nadja hört einfach nicht zu. Sie sieht nur zu Robbie.

---

17 kürzer: von kurz

Hallo, Robbie! Was machst du hier? Gefällt dir die
Dekoration?

○ Ähm, ja, ja, hübsch. Ich mache den Sound-Check.
Kommst du mit?

Klar komme ich mit.

Robbie geht zur Tür und Nadja will mit ihm gehen.
Auf einmal kann Pia nicht mehr. Sie ist sooo wütend. Sie muss
Nadja jetzt einfach alles sagen:

Nadja kann nichts sagen. So kennt sie Pia nicht. Auch Kolja kann
nichts sagen. Er sieht nur Pia und Nadja an und sagt dann leise:
„Ähm, ich hole mal die Schere. Ich bin gleich wieder da."
Robbie kommt noch einmal zurück.
„Mädels, sprecht ihr über mich, den Rockstar? Autogramme gibt's
später, ja? Aber jetzt hab' ich keine Zeit. Kommst du, Nadja?"

Nadja sagt auch jetzt nichts. Sie geht zusammen mit Robbie zur
Tür.

Pia bleibt ganz allein in der Turnhalle.

9

Etwas Richtiges zu essen

Heute ist Sonntag. Nadja braucht ein bisschen Zeit allein. Die ganze Woche war sie mit Robbie zusammen und fast gar nicht zu Hause. Und gestern war das Schulfest.
Sie schläft lange und frühstückt dann mit ihren Eltern. Wieder in ihrem Zimmer denkt sie noch einmal an das Schulfest.
„Robbie und die ‚Wild Guitars' waren klasse. Die Stimmung war super[18]. Aber Pia war komisch. Sie war gestern ziemlich sauer", denkt Nadja.

16

Ach, Robbie ist spitze!

Das Telefon klingelt.
„Nadja, für dich!", ruft Nadjas Mutter. Nadja ist immer noch müde und möchte nicht telefonieren.
„Es ist Robbie", sagt ihre Mutter noch.
„Na gut", denkt Nadja und geht zum Telefon.

17-18

Robbie will mit ihr ins Café. Sie hat eigentlich keine Lust, aber für Robbie macht sie fast alles.

---

18 Die Stimmung war super: Alle hatten Spaß.

27

Im Café wollen sie bestellen, aber Nadja ist geschockt[19]. Robbie will so viel essen, das ist doch ungesund!

---

19 geschockt: schockiert sein / sehr überrascht sein

Nadja weiß, was gesund ist. Und der Kellner auch.

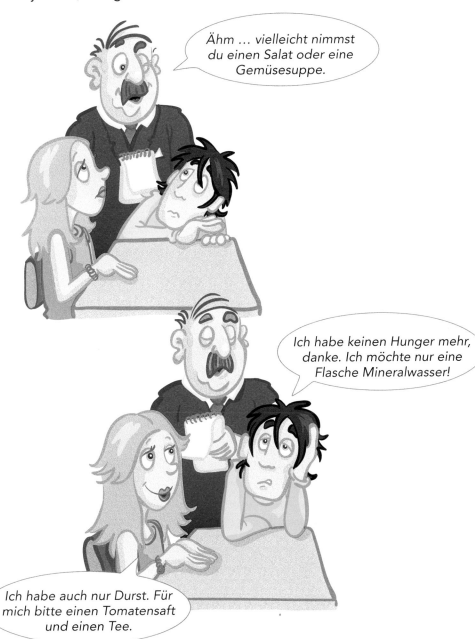

Robbie findet das Treffen mit Nadja schön, aber ein bisschen sauer ist er schon. Er geht mit Hunger nach Hause. Vielleicht findet er doch noch etwas Leckeres im Kühlschrank.

Auch Nadja findet Robbie komisch. „Warum will er so viel Ungesundes essen? Die Zeit mit Robbie ist schön. Aber meine beste Freundin fehlt mir. Pia versteht mich", denkt Nadja ein bisschen traurig.

10

Ich habe Probleme ...

Am Sonntagnachmittag ist Nadja wieder zu Hause.
„Was kann ich nur machen?", fragt sich Nadja. „Pia ist sauer und
sie fehlt mir. Ich möchte sie gern wiedersehen."
Sie setzt sich an den Computer und schreibt in ein Forum.

19

Naddi2408

Heute, 15:57 Uhr
Ich habe Probleme mit meiner Freundin. Ich mag
sie sehr gern und wir machen viel in unserer
Freizeit zusammen. Im Moment habe ich nicht so
viel Zeit für sie. Und deshalb ist sie sauer. Ich habe
einen Freund (Robbie ist so süß und spielt in einer
Band – cool, was?!) und wir verbringen viel Zeit
miteinander[20]. Aber das ist doch normal, oder?
Vielleicht kann ich etwas mit ihr UND meinem
Freund machen. Leider findet sie ihn ziemlich doof.
Sie meint, er ist egoistisch und denkt nur an seine
Musik.
Was kann ich nur machen? Habt ihr eine Idee?

Maxi67

Heute, 16:32 Uhr
Macht doch einen Mädchentag zu zweit. Dann
kannst du mit ihr über das Problem sprechen.

Lexo

Heute, 17:07 Uhr
Ich denke, die beiden müssen sich nur besser
kennenlernen. Vielleicht können sie sich „zufällig[21]"
treffen. ☺

Nadja denkt nach und dann hat sie eine Idee.

---

20 viel Zeit miteinander verbringen: viel zusammen machen
21 zufällig: nicht geplant

11

Ich bin nicht allein

Auch Pia ist nach dem Schulfest total müde. Aber sie ist auch glücklich. Das Fest war klasse. Endlich hatte Paul wieder Zeit für sie. Sie denkt an die Pizza mit ihm – lecker!

Sie legt sich auf ihr Bett und schreibt in ihr Tagebuch. Sie lächelt die ganze Zeit.

Liebes Tagebuch, ♥
ich bin so glücklich. Paul mag mich! Und ich mag Paul.
Morgen gehen wir im Park spazieren. Plato kommt
natürlich auch mit. Er liebt Paul. Vielleicht essen wir
wieder Pizza. Paul kann so toll Skateboard fahren. Das
will ich auch lernen. Dann können wir jeden Tag nach der
Schule zusammen durch die Stadt fahren und Eis essen.
Super! Nadja geht lieber mit Robbie allein ins Kino.
Das finde ich doof. Aber jetzt gehe
ich einfach immer mit Paul ins Kino
– ohne Nadja! Und in die Disco.
Ich bin ja sooooo glücklich!!

12

Der Mädchentag

○ Hi Pia. Hier ist Nadja.
Nadja ist am Telefon.
    Hi.
Mehr sagt Pia nicht. Sie ist immer noch sauer auf Nadja.

21

○ Du, es tut mir leid. Ich hatte einfach keine Zeit für dich.
    Stimmt.
○ Und ich war auch nicht immer nett zu dir.
    Stimmt auch.
○ Denkst du, wir können wieder Freundinnen sein?
    Hm. Weiß nicht.
○ Ich will mich ändern[22]. Wollen wir heute einen Mädchentag
    machen?
    Einen Mädchentag?
○ Ja, nur wir zwei. Ganz ohne Jungs.

---

22 ändern: anders sein

Pia kann nicht lange sauer auf Nadja sein. Sie ist so glücklich mit Paul. Deshalb freut sie sich auch über Nadjas Idee.

    Klingt gut.
◯ Und ich erzähle auch nichts über Robbie. Ja?
    Okay. Was machen wir?
◯ Gehen wir mit Plato im Park spazieren? Ich hole dich ab.
    Alles klar. Dann bis gleich.

Pia und Nadja gehen im Park spazieren. Sie haben endlich mal wieder Zeit zu zweit. Nadja entschuldigt sich noch einmal. Sie fragt Pia viel: „Wie geht es dir? Wie geht es Plato? Gehen wir mal wieder ins Kino? …"

das Gebüsch

die Wiese

Auf der Wiese gegenüber spielt Robbie mit Freunden Fußball. Pia sieht ihn zum Glück nicht. Nur Nadja sieht ihn. Sie geht aber nicht zu ihm.

Nadja wirft einen Stock auf Robbies Wiese. Pia sieht es nicht. Plato springt ins Gebüsch und ist plötzlich weg.
Pia kann ihn nicht mehr sehen und ruft nach ihm: „Plato? Plato, wo bist du?"

Auch Nadja hilft und ruft, aber Plato kommt nicht zurück. Sie suchen im Gebüsch, sie suchen auf der Wiese, sie rufen noch ganz oft nach Plato, aber Plato ist einfach weg.

Pia will auch auf die Fußball-Wiese gehen, aber Nadja sagt: „Nein, da ist er sicher nicht. Da hinten ist ein Würstchen-Stand. Komm, wir suchen dort. Plato liebt doch Würste."

Pia gibt ihr recht. Und sie gehen in Richtung Würstchen-Stand.

Aber auch dort können sie Plato nicht finden. Pia macht sich jetzt richtig Sorgen[23].

Nadja nimmt sie in den Arm: „Mach dir keine Sorgen. Er findet sicher allein nach Hause."

Sie suchen noch ein bisschen, dann geht Pia traurig nach Hause. Nadja macht sich keine Sorgen. Sie lächelt.

---

23 sich Sorgen machen: Angst haben, viel denken

13

Ein Lächeln für Robbie

„Dingdong."
Es klingelt an Pias Tür. Sofort macht sie auf. Vor der Tür steht
Robbie.

Sag mal, Pia. Das ist doch dein Hund, oder?

Pia achtet gar nicht auf Robbie. Sie läuft sofort zu Plato.
„Oh, mein kleiner Wuschelknuddel. Da bist du ja endlich. Wo
warst du nur? Ich hatte so große Angst um dich. Aber jetzt bist
du ja wieder da. Ach, ich bin so froh."
Pia nimmt Plato ganz fest in den Arm und Plato bellt laut und
glücklich.

Jetzt erst sieht Pia Robbie an. „Ähm, danke", sagt sie leise.

○ Kein Problem. Wir haben im Park Fußball gespielt und
plötzlich war Plato bei uns.
Du warst auch im Park?

36

○ Ja, wir spielen dort ganz oft Fußball. Plato war an meinem
   Rucksack. Da war ein Wurstbrot drin.
   Na, dann hatte Nadja ja doch recht mit der Wurst.
○ Plato ist echt ein toller Hund.

Pia freut sich. Zum ersten Mal lächelt sie Robbie an.
„Tschüss", sagt Robbie.
„Tschüss. Und vielen Dank noch mal", ruft Pia Robbie nach und
sagt dann zu Plato: „Und wir zwei waschen uns jetzt erst mal."

14

Alle guten Dinge sind drei

23

„Kommt, wir gehen in den X-Men-Film", sagt Robbie.
„Ja, gute Idee", findet Pia.
„Ein Action-Film?" Nadja findet Action-Filme langweilig.
„Klar, der ist sicher super. Kommt, ich lade euch ein", sagt Robbie.

Nadja sagt nichts mehr. Sie ist einfach nur froh. Endlich kann sie etwas mit Pia UND Robbie machen. Da sieht sie sich auch gerne mal einen Action-Film an.

„Wir machen noch ein Foto", ruft Nadja.
„Knips." Alle drei lachen auf dem Bild.

KAPITEL 1

1 Kreuze an: richtig oder falsch?

	richtig	falsch
1. Robbie findet Nadja toll.	☒	☐
2. Er möchte mit Nadja sprechen.	☐	☐
3. Nadja ist mit Pia im Klassenzimmer.	☐	☐
4. Robbie spielt in einer Band.	☐	☐
5. Nadja kennt seine Band.	☐	☐
6. Nadja findet Robbie toll.	☐	☐
7. Robbie hat Nadjas Telefonnummer.	☐	☐

2 Was passt? Ordne zu.

1. Robbie denkt an   a dem Klassenzimmer.
2. Robbie freut sich auf   b ihr sprechen.
3. Nadja kommt gerade aus   c Nadja.
4. Robbie will mit   d ihr.
5. Er läuft schnell zu   e die Pause.

KAPITEL 2

3 Was passt zusammen? Verbinde.

das Rezept

vom Kindergarten

Pfannkuchen

den Teig in die Pfanne

Hunger

im Park

abholen

geben

haben

lesen

machen

spazieren gehen

4   **Was braucht man für Pfannkuchen? Finde acht Wörter und schreib sie mit Artikel.**

B	E	I	E	R	Z	M	Ä	K	L	I
T	O	P	A	T	S	A	C	H	Y	L
U	R	B	A	K	I	R	O	P	A	L
M	E	H	L	A	K	M	I	L	C	H
O	Z	I	L	L	A	E	T	M	R	O
L	E	P	R	Q	N	L	A	M	T	K
P	P	R	A	P	F	A	N	N	E	J
E	T	A	M	E	R	D	L	U	I	K
R	I	Z	U	C	K	E	R	I	G	R

die Eier _____   _____

_____   _____   _____

_____   _____

5   **Was ist richtig? Markiere.**

Pia ruft bei Nadja / Paul an. Die beiden treffen sich zum Spazierengehen / Kochen bei Nadja. Sie wollen Schokokuchen / Pfannkuchen machen. Vorher geht Pia mit Plato spazieren. Später bei Nadja machen sie den Teig, aber Nadja hat den Zucker / das Mehl vergessen und die Pfannkuchen schmecken lecker / komisch. Das findet auch Nadjas Mutter. Danach sind Pia und Nadja in Nadjas Zimmer und sprechen über die Schulband und Robbie. Paul / Robbie schreibt Pia / Nadja eine SMS. Er möchte sie treffen. Aber sie hat keine Zeit.

Sitzen bleiben

Am Ende von einem Schuljahr
bekommt jeder Schüler ein Zeug-
nis. Sind die Noten sehr schlecht,
bleibt man sitzen. Also kommt
man nicht in die nächste Klasse
und muss eine Klasse wiederholen.
Das ist für die Schüler meistens sehr schlimm.

KAPITEL 6

14 Kreuze an: richtig oder falsch?

	richtig	falsch
1. Nadja möchte mit Pia zusammen zur Koch-AG gehen.	☒	☐
2. Pia geht mit Nadja zur Koch-AG.	☐	☐
3. Pia braucht Nadjas Hilfe für das Schulfest.	☐	☐
4. Nadja möchte Pia gerne helfen.	☐	☐
5. Nadja hat keine Zeit. Sie ist mit Robbie verabredet.	☐	☐
6. Pia muss mit Plato zusammen Dekoration einkaufen.	☐	☐

KAPITEL 7

15 Was bedeutet das? Kreuze an.

Pia findet, sie ist immer „das fünfte Rad am Wagen".

a Pia denkt, sie hat zu viele Freunde.

b Pia denkt, man braucht sie nicht.

c Pia denkt, sie soll mehr Rad fahren.

16 Lies noch einmal Pias Tagebuch. Was passt zu wem? Ordne zu.

> in der Koch-AG sein • mit Plato in den Park gehen • chatten
> lesen • ~~schwimmen~~ • in Robbie verliebt sein
> Hausaufgaben machen • shoppen • einen Bruder haben
> Filme ansehen • im Internet surfen

Pia   Nadja

schwimmen

KAPITEL 8

17 Was passt? Ergänze den Text.

> helfen • Schulfest • wütend • nichts • Nadja • allein • ~~Turnhalle~~

Pia, Kolja und Nadja dekorieren die ___*Turnhalle*___ (1) für

das _____ (2). Dann kommt Robbie und geht zu

Nadja. Sie will ihm beim Sound-Check _____ (3).

Pia ist sehr _____ (4). Sie sagt sehr laut

viele Sachen zu Nadja. Nadja ist geschockt und kann

_____ (5) sagen. Robbie kommt noch einmal

zurück und nimmt _____ (6) mit. Pia bleibt

_____ (7) in der Turnhalle.

18 Sechs Wörter sind falsch. Hör zu und korrigiere.

 Hey Nadja, was war denn mit Pia los? Die ist ja ~~süß~~! *sauer*

○ Oh ja! So kenne ich ihn gar nicht. Vielleicht hat sie Glück

 vor dem Schulfest und so.

 Vielleicht kann ich fragen.

○ Ja, wirklich, Robbie? Wie denn?

 Ich kann dir ein Poster von mir mit Autogramm geben.

 Das schenkst du ihr. Dann ist wieder alles doof mit euch.

○ Äh?!

Am Samstag in Deutschland

In Deutschland ist nur von Montag bis Freitag Schule. Am Samstag haben alle Kinder und Jugendlichen frei. Am Freitagabend und Samstagabend gehen viele Jugendliche gern in die Disco oder auf eine Party. Ab 16 Jahren darf man bis 24 Uhr dort bleiben. Bis 15 Jahre darf man nicht in die Disco und nur bis 22 Uhr auf eine Party.

KAPITEL 9

19 Welche fünf Aktivitäten passen nicht zu Nadjas Sonntag? Streich durch.

lange schlafen • ~~zum Schwimmtraining gehen~~ • ein Buch lesen • mit den Eltern frühstücken • an das Schulfest denken • Gitarre spielen • zu Hause helfen • mit Robbie telefonieren • ins Café gehen • bestellen • spazieren gehen • an Pia denken

17

20 Ergänze: Was sagt Nadja? Hör dann zur Kontrolle.

Ich weiß nicht. Ich bin …

Hi, Rob.

Mhm.   Okay. Holst du mich ab?

○ ___Hi, Rob._____ (1)

○ Hi, Süße. Wie geht's? Das war eine klasse Party gestern, was?

○ _____ (2)

○ Du, ich brauche etwas Richtiges zu essen. Bei uns zu Hause gibt's nichts Leckeres im Kühlschrank. Treffen wir uns gleich im Café?

○ _____ (3)

○ Komm schon. Dein Rockstar braucht was zu essen.

○ _____ (4)

○ Klar! Bis gleich.

21 Was kann man essen? Was kann man trinken? Ordne zu.

Mineralwasser • Cola • Tee • Gemüsesuppe • Hamburger
Kakao • Tomatensaft • Salat • Pizza

trinken	essen
Mineralwasser	

22 Wie kann man im Café bestellen? Kreuze an.

- [✗] Drei Hamburger, bitte.
- [b] Für mich vier Stück Pizza.
- [c] Ich habe keinen Hunger mehr, danke.
- [d] Ich möchte nur eine Flasche Mineralwasser!
- [e] Für mich bitte einen Tomatensaft.
- [f] Das schmeckt komisch.

KAPITEL 10

23 Schreib die Antworten.

1. Wo schreibt Nadja über ihre Probleme?

   Im Forum

2. Mit wem hat Nadja Probleme?

   _____

3. Was denkt Nadja? Warum ist Pia sauer?

   _____

4. Mit wem verbringt Nadja im Moment viel Zeit?

   _____

5. Warum findet Pia Robbie doof?

   _____

ÜBUNGEN

KAPITEL 11

24 Was will Pia mit Paul machen? Kreuze an.

☐ im Park spazieren gehen
    ☐ Pizza essen
☐ aufs Schulfest gehen
    ☐ Skateboard fahren
☐ Hausaufgaben machen
    ☐ Eis essen
        ☐ ins Kino gehen
☐ Fußball spielen
    ☐ in die Disco gehen

KAPITEL 12

25 Welche vier Wörter findest du nicht im Kapitel? Streich durch.

Telefon • sauer • Freundinnen • Mädchentag • Jungs • ~~nerven~~ • spazieren gehen • entschuldigen • Kino • Wiese • Robbie • Fußball • Schulband • Stock • rufen • weg sein • Würstchen • Lied • Sorgen • traurig • nach Hause • Hausaufgaben

26 Das war Nadjas Trick. Bring die Sätze in die richtige Reihenfolge.

_1_ Nadja und Pia gehen im Park spazieren.
___ Sie denkt: Plato läuft vielleicht zu Robbie und zum Wurstbrot.
___ Dann bringt Robbie Plato zu Pia zurück und Pia findet Robbie nicht mehr doof.
___ Sie wirft einen Stock auf Robbies Wiese. Plato springt ins Gebüsch und dann auf die Wiese.
___ Nadja weiß: Robbie spielt heute Fußball im Park. Er hat ein Wurstbrot im Rucksack.

KAPITEL 13

27 Finde zwölf Wörter aus dem Kapitel und markiere sie.

KLINGELNHFATÜRRWEZTPROBLEMKLRTAWEANGSTDAEZD
DZLEGLÜCKLICHONHDKAJSARMPOIWEBELLENQUATSDV
JNÜKRTMRUCKSACKUZOWEIWURSTGDAHHUNDAVDHEB
AJOBNWLÄCHELNBGWEDZWASCHENZEATGANFBPETH

KAPITEL 14

28 Was bedeutet der Satz? Kreuze an.

Alle guten Dinge sind drei.

a Man darf immer nur drei Dinge haben.

b Vier sind besser als drei.

c Zu dritt kann man viel Spaß haben.

29 Kreuze an: richtig oder falsch?

	richtig	falsch
1. Pia und Robbie finden den gleichen Film gut.	☒	☐
2. Robbie bezahlt die Kinokarten für alle.	☐	☐
3. Nadja findet den Film nicht so gut.	☐	☐
4. Nadja ist wütend: Sie will den Film nicht sehen.	☐	☐
5. Die Freunde machen noch ein Foto.	☐	☐
6. Sie sehen auf dem Foto traurig aus.	☐	☐

LÖSUNGEN

KAPITEL 1

1   2r, 3f, 4r, 5f, 6f, 7r
2   2e, 3a, 4b, 5d

KAPITEL 2

3   vom Kindergarten abholen, Pfannkuchen machen, den Teig in die Pfanne geben, Hunger haben, im Park spazieren gehen

4

B	E	I	E	R	Z	M	Ä	K	L	I
T	O	P	A	T	S	A	C	H	Y	L
U	R	B	A	K	I	R	O	P	A	L
M	E	H	L	A	K	M	I	L	C	H
O	Z	I	L	L	A	E	T	M	R	O
L	E	P	R	Q	N	L	A	M	T	K
P	P	R	A	P	F	A	N	N	E	J
E	T	A	M	E	R	D	L	U	I	K
R	I	Z	U	C	K	E	R	I	G	R

die Eier, das Mehl, die Milch, die Pfanne, der Zucker, das Rezept, die Marmelade, der Teig

5   Nadja – Kochen – Pfannkuchen – den Zucker – komisch – Paul – Pia
6   6 Mach' ich. Tschüss!
     4 Ja, gern. Am Mittwoch im Park?
     2 Hi Paul. Schade. Heute geht es wirklich nicht. Hast du morgen Zeit?
     1 Hi Pia, hier ist Paul. Kannst du wirklich nicht kommen? Nur kurz.
     5 Okay. Und bring Plato mit.
     3 Nee, morgen kann ich nicht. Treffen wir uns nächste Woche?

KAPITEL 3

7   Robbie: Kindergarten, Rezept, Klavier
     Schule: Skateboard, Autogramm, Fußball
8   2. Mädchen, 3. du, 4. Sport, 5. sitzen

KAPITEL 4

9 3 Nadja spielt Pia den Song vor.
5 Robbie schickt Nadja eine SMS.
4 Pia findet das Lied ein bisschen langweilig.
2 Sie findet Robbie cool und seine Stimme fantastisch.
1 Nadja ist bei Pia und hört das neue Lied von Robbies Band.
6 Sie trifft ihn und Pia bleibt alleine zu Hause.

10 1. Fenster, 2. Baby, 3. Opa

KAPITEL 5

11 Nadja: 2, 4, 5, 6, 7, 10, 11; Pia: 1, 3, 8, 9, 12

12 2. Hausaufgaben, 3. Katastrophe, 4. Unterricht, 5. Kindergarten, 6. langweilig, 7. sauer, 8. Hausarrest, 9. Noten, 10. Schulfest

13 2. Robbie, 3. Pia, 4. Robbie, 5. Pia

KAPITEL 6

14 2f, 3r, 4f, 5r, 6r

KAPITEL 7

15 b

16 Pia: mit Plato in den Park gehen, lesen, Hausaufgaben machen, Filme ansehen
Nadja: schwimmen, in der Koch-AG sein, chatten, in Robbie verliebt sein, shoppen, einen Bruder haben, im Internet surfen

KAPITEL 8

17 2. Schulfest, 3. helfen, 4. wütend, 5. nichts, 6. Nadja, 7. allein

18 süß → sauer, ihn → sie, Glück → Angst, fragen → helfen, Poster → Foto, doof → klar

KAPITEL 9

19 zum Schwimmtraining gehen, ein Buch lesen, Gitarre spielen, zu Hause helfen, spazieren gehen

20 2. Mhm. 3. Ich weiß nicht. Ich bin … 4. Okay. Holst du mich ab?

21 trinken: Mineralwasser, Cola, Tee, Kakao, Tomatensaft
essen: Gemüsesuppe, Hamburger, Salat, Pizza

22 a, b, d, e

LÖSUNGEN

KAPITEL 10

23 1. Im Forum. 2. Mit Pia. 3. Nadja hat wenig Zeit für Pia. 4. Mit Robbie. 5. Er ist egoistisch. (Er denkt nur an seine Musik.)

KAPITEL 11

24 im Park spazieren gehen, Pizza essen, Skateboard fahren, Eis essen, ins Kino gehen, in die Disco gehen

KAPITEL 12

25 nerven, Schulband, Lied, Hausaufgaben

26 1 Nadja und Pia gehen im Park spazieren.
3 Sie denkt: Plato läuft vielleicht zu Robbie und zum Wurstbrot.
5 Dann bringt Robbie Plato zu Pia zurück und Pia findet Robbie nicht mehr doof.
4 Sie wirft einen Stock auf Robbies Wiese. Plato springt ins Gebüsch und dann auf die Wiese.
2 Nadja weiß: Robbie spielt heute Fußball im Park. Er hat ein Wurstbrot im Rucksack.

KAPITEL 13

27 klingeln, Tür, Problem, Angst, glücklich, Arm, bellen, Rucksack, Wurst, Hund, lächeln, waschen

KAPITEL 14

28 c

29 2r, 3r, 4f, 5r, 6f

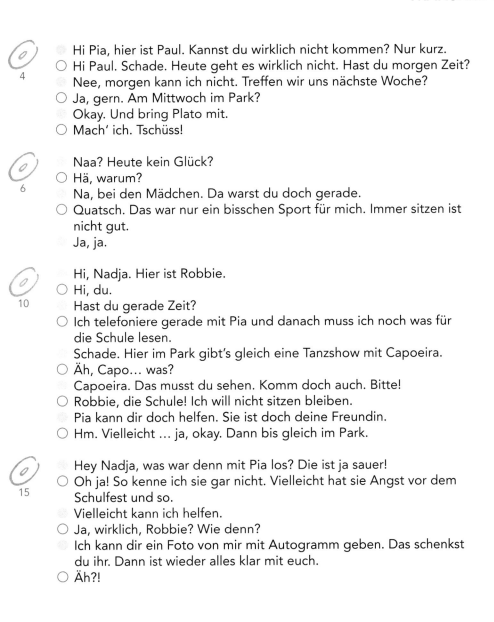

4

Hi Pia, hier ist Paul. Kannst du wirklich nicht kommen? Nur kurz.
○ Hi Paul. Schade. Heute geht es wirklich nicht. Hast du morgen Zeit?
Nee, morgen kann ich nicht. Treffen wir uns nächste Woche?
○ Ja, gern. Am Mittwoch im Park?
Okay. Und bring Plato mit.
○ Mach' ich. Tschüss!

6

Naa? Heute kein Glück?
○ Hä, warum?
Na, bei den Mädchen. Da warst du doch gerade.
○ Quatsch. Das war nur ein bisschen Sport für mich. Immer sitzen ist nicht gut.
Ja, ja.

10

Hi, Nadja. Hier ist Robbie.
○ Hi, du.
Hast du gerade Zeit?
○ Ich telefoniere gerade mit Pia und danach muss ich noch was für die Schule lesen.
Schade. Hier im Park gibt's gleich eine Tanzshow mit Capoeira.
○ Äh, Capo… was?
Capoeira. Das musst du sehen. Komm doch auch. Bitte!
○ Robbie, die Schule! Ich will nicht sitzen bleiben.
Pia kann dir doch helfen. Sie ist doch deine Freundin.
○ Hm. Vielleicht … ja, okay. Dann bis gleich im Park.

15

Hey Nadja, was war denn mit Pia los? Die ist ja sauer!
○ Oh ja! So kenne ich sie gar nicht. Vielleicht hat sie Angst vor dem Schulfest und so.
Vielleicht kann ich helfen.
○ Ja, wirklich, Robbie? Wie denn?
Ich kann dir ein Foto von mir mit Autogramm geben. Das schenkst du ihr. Dann ist wieder alles klar mit euch.
○ Äh?!

TRANSKRIPTE

17

● Hi, Rob.
○ Hi, Süße. Wie geht's? Das war eine klasse Party gestern, was?
● Mhm.
○ Du, ich brauch' etwas Richtiges zu essen. Bei uns zu Hause gibt's nichts Leckeres im Kühlschrank. Treffen wir uns gleich im Café?
● Ich weiß nicht. Ich bin …
○ Komm schon. Dein Rockstar braucht was zu essen.
● Okay. Holst du mich ab?
○ Klar! Bis gleich.